Universal
Oboen
Edition

100 leichte klassis⋯ ⋯⋯⋯⋯n
für Oboe

herausgegeben von Gunther Joppig
in Zusammenarbeit mit Anthony McColl

Universal
Oboe
Edition

100 Easy Classical Studies
for the Oboe

edited by Gunther Joppig
in collaboration with Anthony McColl

Universal Edition UE 17507

ISMN M-008-01048-4
UPC 8-03452-00273-4
ISBN 3-7024-0517-8

Vorwort

Die vorliegende Sammlung leichter klassischer Übungen für Oboe stellt einen repräsentativen Querschnitt durch Schul- und Etüdenwerke für Oboe aus drei Jahrhunderten dar. Zusammen mit einem weiteren Band 50 klassischer Oboen-Studien (UE 17508) enthält die Sammlung alle wichtigen Studien bis zu einem gehobenen Schwierigkeitsgrad. Anspruchsvollere Etüdenwerke sind als Einzelausgaben in der Universal Oboen Edition zur Ergänzung vorgesehen. Zusammen mit den Duetten in progressiver Folge aus der Oboen-Schule von Joseph Küffner (UE 17505) und dem Band mit klassischen Spielstücken (UE 17509) liegen nunmehr Ausgaben vor, die sowohl für den beruflich ambitionierten Studenten als auch für den Liebhaber-Oboisten einen abwechslungsreichen Unterrichtsstoff bieten. Die 100 leichten klassischen Studien wurden sowohl nach Stilepochen ausgewählt (Barock, Klassik, Romantik) als auch nach ihrer Bedeutung für die Geschichte der Spieltechnik auf der Oboe. Die Bände sind nicht zum systematischen Durchstudieren vom Anfang bis Ende gedacht, sondern, je nach Fortgang des Unterrichts, können aus den einzelnen Epochen die entsprechenden Übungen ausgewählt werden. Stücke in den auf der Oboe häufiger vorkommenden Tonarten wurden entsprechend zahlreicher aufgenommen als solche in den selteneren Tonarten. Die Auswahl berücksichtigte vor allem auch Schul- und Etüdenwerke, die entweder seit langem vergriffen oder nicht mehr in zeitgemäßen Ausgaben verfügbar waren.

Die römischen Ziffern über den Noten es, f und as stellen die jeweiligen zweiten Alternativgriffe dar. Für die Töne es und f gibt die II den Griff mit dem kleinen Finger der linken Hand, für den Ton as den Griff mit dem ersten Glied des rechten Zeigefingers an. Die III empfiehlt stets den Gabelgriff für das f. In vielen Fällen bietet sich jedoch auch an, statt des zweiten f mit dem linken kleinen Finger auch bereits den Gabelgriff zu benutzen.

Der Herausgeber ist Anthony McColl für seine Mitarbeit bei der Auswahl der Übungsstücke sehr verbunden und dankt Herrn Professor Lorenz von der Hochschule für Musik in Wien und dem Archiv der Gesellschaft der Musikfreunde in Wien für die Zurverfügungstellung verschiedener Vorlagen.

Gunther Joppig

Preface

The present collection of easy classical studies for oboe constitutes a representative survey of the pedagogic and étude literature for the instrument from three centuries. In conjunction with a second volume of 50 classical oboe studies (UE 17508) the collection comprises all the major studies up to an advanced stage of proficiency. It is planned to publish more demanding studies in individual editions in the Universal Oboe Series as a supplement to the present collection. The Duets in progressive sequence from Joseph Küffner's Oboe Method (UE 17505) and the volume of classical concert pieces (UE 17509) are now complemented by editions which provide a variety of teaching material both for the amateur player and for the student intending to become a professional oboist. The 100 easy classical studies have been selected according to the stylistic periods to which they belong (baroque, classical, romantic) but also on the basis of their importance in the history of the oboe's performing technique. The volumes are not intended to be played through systematically from beginning to end; the appropriate studies can be selected from the various periods to suit the proficiency of the player. Those pieces in keys more often encountered by the oboist are represented more numerously than those in less common keys. Finally, in the selection of the pieces in the present collection priority has been given to those works from the pedagogic and étude litarature which are either out of print or not available in up-to-date editions.

Roman numerals placed above the notes e flat, f and a flat indicate the second alternative fingering. The numeral II above e flat and f represents the fingering with the little finger of the left hand, above a flat the fingering with the first joint of the right-hand index finger. The numeral III always connotes the forked fingering for the f. In many other cases, however, it proves practicable to use the forked fingering instead of playing the second F with the left-hand little finger.

The editor wishes to express his thanks to Anthony McColl for his assistance in the selection of the pieces; and to Professor Lorenz of the Vienna Music University and to the archives of the Gesellschaft der Musikfreunde in Vienna for supplying some of the material.

G. J.

FREILLON-PONCEIN, Jean-Pierre:
gilt als der Verfasser der ersten Oboeschule, nachdem die Oboe erst etwa fünfzig Jahre zuvor am französischen Hofe durch Verbesserungen an der Schalmei entwickelt worden war. Seine Lebensdaten konnten bisher nicht festgestellt werden. Durch sein Schulwerk weist er sich jedoch als kenntnisreicher Spieler der Oboe, der Blockflöte und des Flageolets ebenso aus, wie als Komponist für die verschiedensten Instrumente. Im Gegensatz zu den Schulwerken Hotteterres erlangte seine Schule jedoch offensichtlich keine weiteren Auflagen und wurde bald vergessen. Die hier nach dem Erstdruck vorgelegten Präludien wurden aus dem Französischen Violonschlüssel in die heute übliche Notierung übertragen, und auch für die Taktangaben, Noten und Verzierungen wurden die heute eingeführten Zeichen gewählt. Die Phrasierung stammt vom Herausgeber. Einige offensichtliche Fehler wurden verbessert. Ein Reprint der Originalausgabe ist im Verlag Minkoff, Genf, erschienen.

HOTTETERRE, Jacques:
ist das bekannteste Mitglied dieser Musiker- und Instrumentenbauerfamilie. Er führte auch den Beinamen „Le Romain", und vor allem sein bekanntestes Werk „Principes de la Flûte Traversière ou flûte d'Allemagne" erfreute sich großer Beliebtheit, erlebte zahlreiche Auflagen, Nachdrucke und Übersetzungen. Obwohl er vor allem als hervorragender Querflötenvirtuose galt, beherrschte er auch die Blockflöte und Oboe und schrieb zahlreiche Kompositionen für die von ihm gespielten Instrumente. Auf dem Titelblatt seines Opus 7 „L'art de préluder . . . " bezeichnet er sich als „Flûte de la chambre du Roy". Die hier in moderner Notation vorgelegten acht Präludien entstammen dem 3. Kapitel und sind ausdrücklich auch für Oboe gedacht. Ein Reprint der Originalausgabe von 1719 ist im Verlag Minkoff, Genf, erschienen.

PRELLEUR, Peter:
war ein in England wirkender Komponist und Cembalist, dem die Herausgabe eines 1831 anonym erschienenen Kompendiums „The Modern Musick-Master or the Universal Musician" zugeschrieben wird. Neben einer Schule für Gesang, Querflöte, Violine und Cembalo ist auch eine Oboeschule enthalten. Eine kurze Musikgeschichte und ein Fachwörterverzeichnis bilden den Schluß dieses mit Stichen und Grifftabellen ausgestatteten 320 Seiten umfassenden Prachtbandes. Die Forschung konnte inzwischen nachweisen, daß Teile dieses Bandes bereits in den ersten Jahren des 18. Jahrhunderts gedruckt wurden, unter anderem vom Händel-Verleger John Walsh Senior (1665/66 - 1736). Der Notenteil der Oboeschule enthält eine Sammlung von Märschen, Menuetten, Rigaudons und Opernarien von Georg Friedrich Händel (1685-1759) und anderen bedeutenden Meistern. Das Inhaltsverzeichnis des Gesamtbandes nennt noch Tommaso Albinoni (1671 - 1750) und Giovanni Maria Bononcini (1642 - 1678). Ein Faksimile-Nachdruck erschien 1965 im Bärenreiter Verlag, Kassel.

ROY, C. Eugène:
gab Schulwerke für Flageolet, Querflöte, Klarinette, Violine und Gitarre heraus, die in zahlreichen Auflagen gedruckt wurden und auch in deutscher Sprache erschienen. Im Titel einer um 1810 im Selbstverlag erschienenen Ausgabe bezeichnet er sich als Professor und Künstler des „Grand Théâtre de Lyon" und gibt seine Adresse mit Rue Tupin 15 an. Dem belgischen Musikforscher François-Joseph Fétis (1784 - 1871) zufolge starb Roy 1816, möglicherweise benutzten aber verschiedene Musikverleger seinen populären Namen auch weiterhin als Pseudonym für Schulwerke. Roy verwendete einige zu seiner Zeit in Frankreich sehr beliebte Melodien in seiner Schule. Drei besonders typische wurden für diese Sammlung ausgewählt.

FREILLON-PONCEIN, Jean-Pierre:
is considered to be the author of the first oboe method, written some 50 years after the oboe had been evolved at the French court from the shawm. It has not so far been possible to establish when he was born or when he died. His pedagogic work shows him to have been a knowledgeable player of the oboe, the recorder and the flageolet as well as having composed for a wide variety of instruments. Unlike Hotteterre's pedagogic publications, however, his oboe method does not appear to have been reissued and was soon forgotten. The preludes printed here on the basis of the first edition have been transposed from the French violon clef to today's conventional notation, and modern practice has also been followed with regard to the bars, notes and embellishments. The phrasing given is by the editor. Several obvious errors have been emended. A reprint of the original edition has been published by Minkoff in Geneva.

HOTTETERRE, Jacques:
the most famous member of this family of musicians and instrument-makers, was given the additional name of "Le Romain". His best-known work, "Principes de la Flûte Traversière ou flûte d'Allemagne", was extremely popular; it was reprinted and reissued many times in several languages. Although Hotteterre was famous principally as an excellent flautist, he also performed on the recorder and oboe and wrote numerous compositions for the instruments which he played. On the title page of his opus 7, "L'art de préluder . . . " he describes himself as "Flûte de la chambre du Roy". The eight preludes printed here in modern notation are taken from the third chapter and were written expressly with the oboe in mind. A reprint of the original edition of 1719 has been published by Minkoff in Geneva.

PRELLEUR, Peter:
was a composer and harpsichordist who lived and worked in England. The compendium "The Modern Musick-Master or the Universal Musician", which was published anonymously in 1831, is attributed to him. Besides methods for voice, recorder, violin and harpsichord it contains an oboe method. A short history of music and an index of technical terms complete this splendid, 320-page-long volume which has been provided with engravings and tables of fingering. Research has now established that parts of this work were printed in the early years of the 18th century, amongst others by Händel's publisher John Walsh Senior (1665/66 - 1736). The musical material contained in the oboe method includes a collection of marches, minuets, rigaudons and opera arias by Georg Friedrich Händel (1685 - 1759) and other major composers. The volume's table of contents also alludes to Tommaso Albinoni (1671 - 1750) and Giovanni Maria Bononcini (1642 - 1678). A facsimile reprint was published in 1965 by Bärenreiter in Kassel.

ROY, C. Eugène:
published a large number of pedagogic works for flageolet, transverse flute, clarinet, violin and guitar which were reissued several times and also appeared in German. On the title page of an edition published by Roy himself in 1810 he describes himself as a professor and artist of the "Grand Théâtre de Lyon" and gives his address as Rue Tupin 15. The Belgian musicologist François-Joseph Fétis (1784 - 1871) claimed that Roy died in 1816; it is possible that a number of music publishers continued to use his popular name as a pseudonym for their editions of pedagogic works. In his method Roy incorporated several melodies which were popular in the France of his day. Three particularly characteristic pieces have been selected for the present edition.

BLATT, Franz Thaddäus:
begann 1811 am soeben gegründeten Prager Konservatorium Klarinette und Komposition zu studieren und trat schon als Einundzwanzigjähriger mit großem Erfolg als Klarinettenvirtuose auf. Bereits 1817 war er Assistent des Direktors und wurde 1820 Professor für Klarinette und Erster Klarinettist am Ständischen Operntheater in Prag. Hector Berlioz (1803 - 1869) hielt ihn für den besten deutschen Klarinettisten seiner Zeit. Blatt schrieb neben einer bedeutenden Klarinettenschule auch Studienwerke für Oboe und Gesang, die in verschiedenen renommierten Verlagen erschienen. Wegen ihrer pädagogischen Bedeutung für die Entwicklung einer gleichmäßigen Technik gelangen hier die ursprünglich bei Ricordi in Mailand erschienenen „25 Esercizi" ungekürzt zum Abdruck. Die „15 Exercices Amusants" opus 24 von Blatt bilden den Anfang der 50 klassischen Studien (UE 17508) dieser Reihe.

VITZTHUM, Joseph:
wurde nach Mitteilung des „Archivs des Erzbistums München und Freising" am 10. Dezember 1814 in Haidhausen geboren und heiratete 1838 als Königlicher Hofmusikus. Seine 20 Studien veröffentlichte Vitzthum zuerst 1873 im Musikverlag Falter, eine neue Ausgabe erschien 1888 bei Aibl gleichfalls in München. 1904 wurde der Verlag Aibl von der Universal Edition in Wien übernommen. Bei der Konzipierung seiner Studien ließ sich Vitzthum von den Etüden Rodolphe Kreutzers (1766 - 1831) anregen. Elf der zwanzig sind direkte Bearbeitungen. Beethoven widmete Kreutzer seine Violinsonate opus 47 (Kreutzersonate).

PIETZSCH, Georg:
war Königlich Sächsischer Kammermusikus in der Staatskapelle in Dresden, als 1911 seine „Schule für Oboe" als Nr. 4 innerhalb der Reihe „Hofmeister's Schulen" in Leipzig erschien. Von besonderem Wert sind die 50 Etüden in allen Dur- und Molltonarten, von denen 24 für diesen Sammelband ausgewählt wurden.

HEINZE, Walter:
gab schon mit dreiundzwanzig Jahren „Tägliche Studien für Oboe" heraus, denen später zahlreiche weitere folgten. Seine „42 Melodischen Studien für Oboe" tragen bereits die Opuszahl 53. In Broschüren und Aufsätzen hat er sich besonders mit dem Rohrbau auseinandergesetzt. Er war Oboe-Kammervirtuose beim Gewandhausorchester in Leipzig, Mitglied der „Gewandhaus-Bläser-Vereinigung" und trat darüberhinaus zwischen den beiden Weltkriegen als Oboensolist in zahlreichen Konzerten auf.

BLATT, Franz Thaddäus:
enrolled as a student of composition and the clarinet at the newly founded Prague Conservatory in 1811. At the age of 21 he was already making a name for himself as a clarinet virtuoso. By 1817 he had become the Director's assistant, and in 1820 he was appointed Professor for clarinet and first clarinettist at the Estates Opera House in Prague. Hector Berlioz (1803 - 1869) considered him to be the finest German clarinettist of his day. Apart from his important clarinet method, Blatt also wrote pedagogic works for the oboe and voice which were issued by several reputable publishers. The "25 Esercizi", originally published by Ricordi in Milan, are here reprinted unabridged in view of their pedagogic importance in the development of a smooth technique. Blatt's "15 Exercices Amusants", opus 24, form the beginning of the 50 Classical Studies (UE 17508) in the present series.

VITZTHUM, Joseph:
was, according to the archives of the Archbishopric of Munich and Freising, born in Haidhausen on December 10th 1814. When he married in 1838 his profession was given as musician at the royal court. Vitzthum's 20 Studies were first published in 1873 by Falter in Munich, while a new edition was brought out in 1888 by Aibl, also in Munich. In 1904 the Aibl publishing house was taken over by Universal Edition in Vienna. In the composition of his Studies Vitzthum drew heavily on the Etudes by Rodolphe Kreutzer (1766 - 1831). Eleven of the 20 pieces are direct arrangements. It was to Kreutzer that Beethoven dedicated his violin sonata opus 47 (the so-called "Kreutzer-Sonata").

PIETZSCH, Georg:
held the post of Royal Saxon Chamber Musician in the Staatskapelle in Dresden in 1911 when his Oboe Method was published in Leipzig as No. 4 in the series "Hofmeister's Methods". Particular significance attaches to his 50 Etudes in all the major and minor keys, of which 24 have been selected for the present collection.

HEINZE, Walter:
published his "Daily Studies for Oboe" at the early age of 23. Further sets followed, and his "42 Melodic Studies for Oboe" bear the opus number 53. He was the author of pamphlets and essays dealing primarily with the question of reed-making. He held the post of Oboe Chamber Virtuoso with the Leipzig Gewandhaus Orchestra, was a member of the "Gewandhaus Wind Ensemble" and also performed as a soloist in many concerts in the years between the two world wars.

100 LEICHTE KLASSISCHE STUDIEN FÜR OBOE

1-15 Jean-Pierre Freillon-Poncein

Universal Edition No. 17507

2

4

6

16-23 Jacques Hotteterre

8

9

23 Gay

24-29 Peter Prelleur

21.5.03.

24 Menuett

25 Marsch

Fine

.D. C. al Fine

UE 17507

10

30-32 C. Eugène Roy

31

Fine

D. C. al Fine

32

33-57 Franz Thaddäus Blatt

Allegretto

33

34 Allegro

14

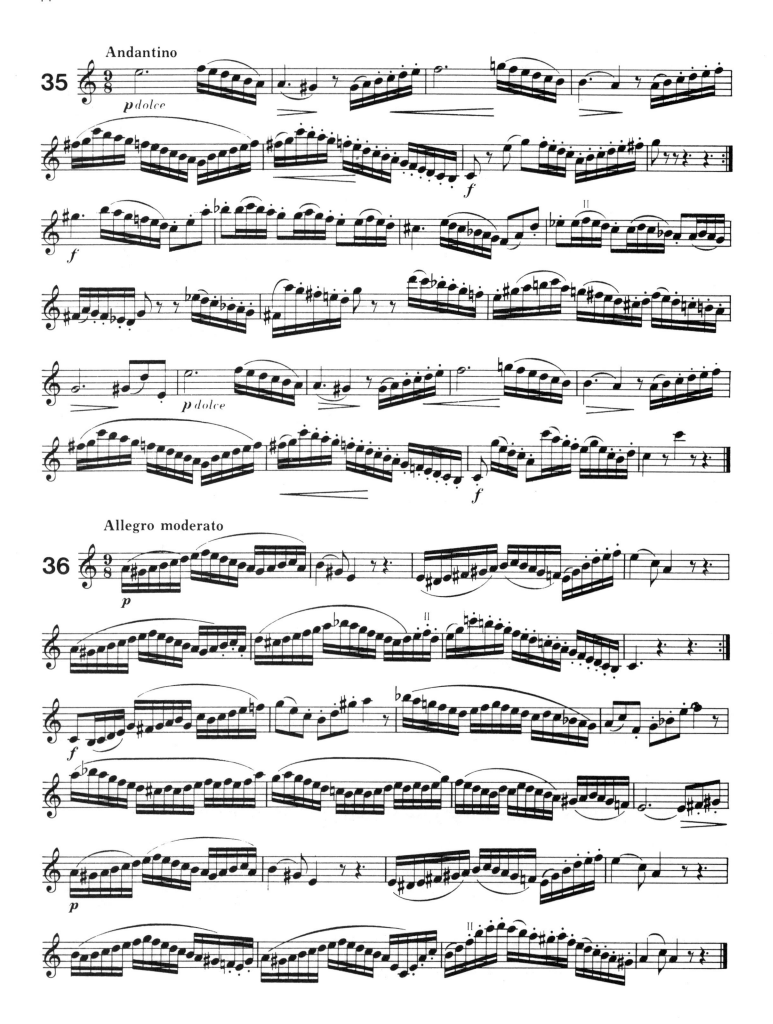

15

Allegro con fuoco

43

46 Andante comodo

22

23

Allegro moderato

49

24

28

58-65 Joseph Vitzthum

Allegretto

59

34

Allegretto

Moderato

65

66-89 Georg Pietzsch

Andante con moto

66

38

UE 17507

Moderato

69

Fine

rit.   a tempo

D. C. al Fine

27.11.

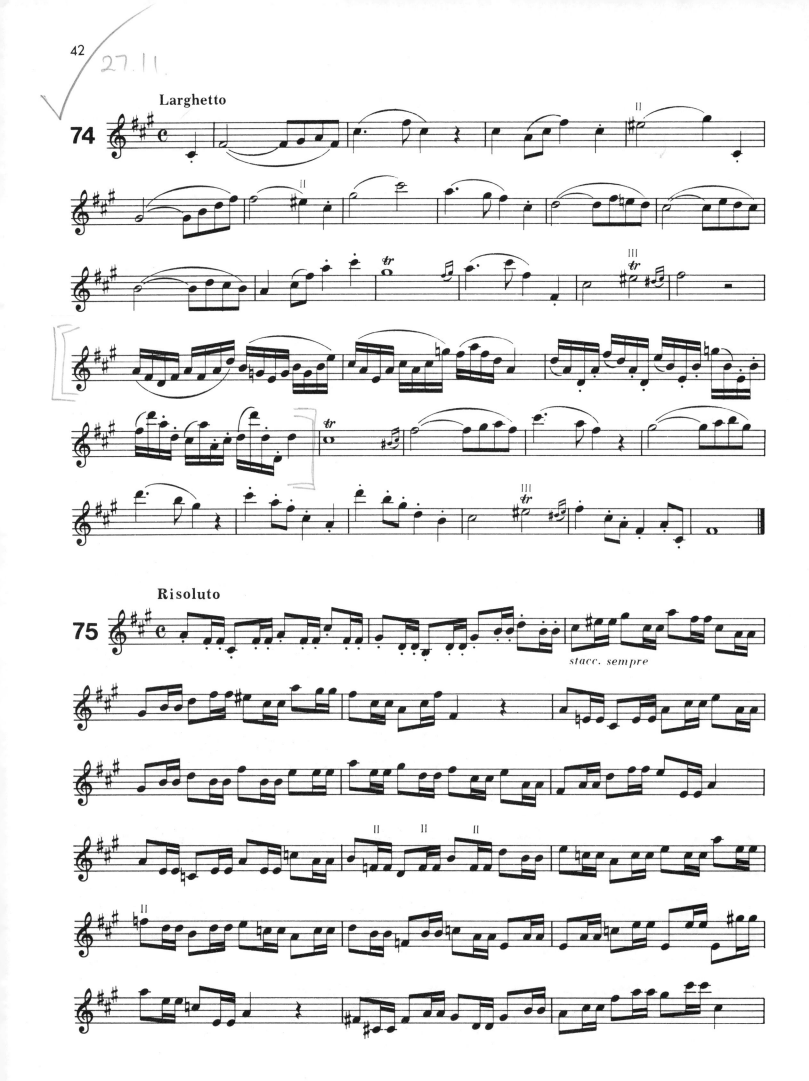

Tempo giusto leggiero

76

44

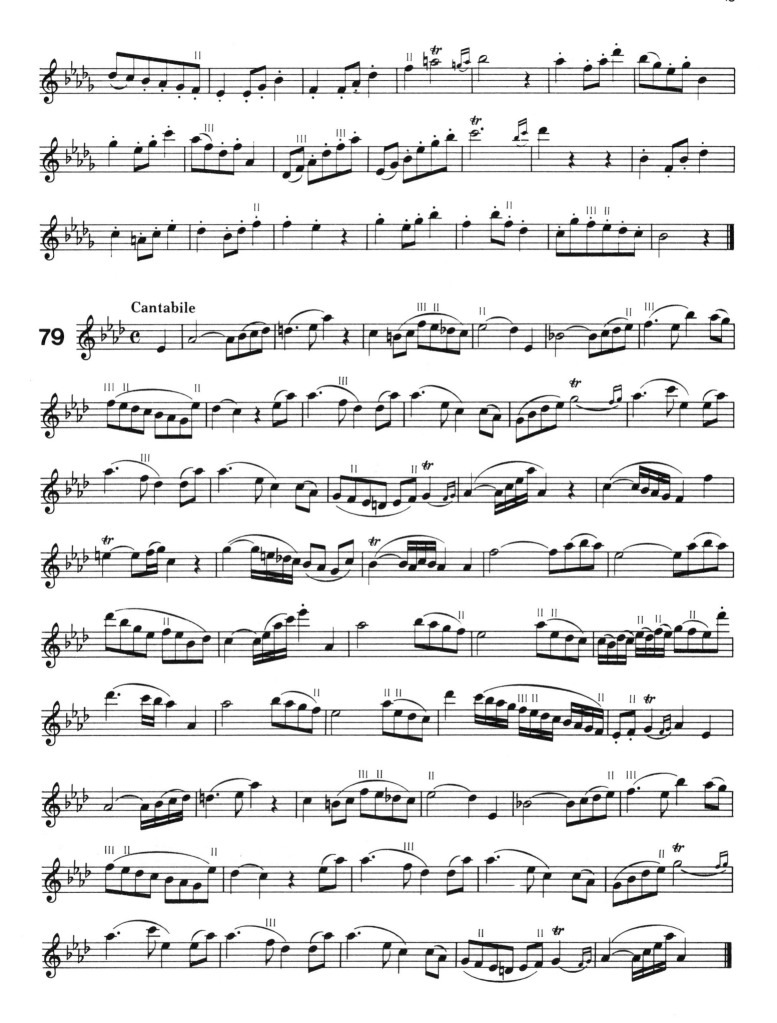

46

Allegretto grazioso

82

48

Molto agitato

85

sim.

50

Risoluto

88

90-100 Walter Heinze

58

62

UE 17507

Universal Oboen Edition

UE 17 510	**H. E. Apostel**	Sonatine op. 39a für Oboe solo
UE 17 513	**W. Babell**	Sonate Nr. 2 für Oboe und Cembalo, herausgegeben von Han de Vries
UE 17 520	**R. R. Bennett**	Conversations (Zwiegespräche) für 2 Oboen
UE 17 534	**H. Birnbach**	Sonate op. 4 für Oboe und Klavier, herausgegeben von G. Joppig
UE 17 511	**H. Birtwistle**	Pulse Sampler for Oboe and Claves
UE 17 502	**H. Brod**	Fantasie über „Lucia di Lammermoor" (Donizetti) für Oboe und Klavier, herausgegeben von G. Joppig
UE 17 501	**G. Daelli**	Fantasie über Themen aus G. Verdis „Rigoletto" für Oboe und Klavier, herausgegeben von G. Joppig
UE 17 539	**L. A. Dornel**	Sonate G-Dur für Oboe und Basso continuo, herausgegeben von Ch. Schneider
UE 17 538	**D. M. Dreyer**	Sonate g-Moll für Oboe und Basso continuo, herausgegeben von Ch. Schneider
UE 17 535	**Ch. Fargues**	Fantasie über Themen aus „Der Freischütz" von C. M. v. Weber für Oboe und Klavier, herausgegeben von G. Joppig
UE 17 529	**F. W. Ferling**	Concertino für Oboe und Orchester op. 5, Ausgabe für Oboe und Klavier, von J. S. Durek, herausgegeben von G. Joppig
UE 17 514	–	48 Übungen für Oboe, op. 31, herausgegeben von G. Joppig
UE 17 518	–	18 Übungen für Oboe, op. 12, herausgegeben von G. Joppig
UE 17 504	**J. Ch. Fischer**	Duett in G für Oboe (Flöte) und Fagott, herausgegeben von G. Joppig
UE 17 526	**G. F. Händel**	Concerto I in g-Moll, Ausgabe für Oboe und Klavier, herausgegeben von G. Joppig
UE 17 519	**J. W. Hertel**	Konzert G-Dur für Oboe und Streichorchester, Ausgabe für Oboe und Klavier von J. S. Durek
UE 17 533	**R. Hofmann**	Melodische Übungs- und Vortragsstücke op. 58 für Oboe und Klavier, herausgegeben von G. Joppig
UE 17 536	**J. Hotteterre**	Suite F-Dur für Oboe und Basso continuo, herausgegeben von Ch. Schneider
UE 17 540	**Ch. Khym**	Drei konzertante Duos für zwei Oboen, herausgegeben von Ch. Schneider
UE 17 503	**A. Klughardt**	Concertino für Oboe und Orchester op. 18, herausgegeben von G. Joppig
UE 17 505	**J. Küffner**	24 instruktive Duette in progressiver Folge für 2 Oboen, herausgegeben von G. Joppig
UE 17 532	**J. P. Leguay**	„Flamme" für Oboe solo
UE 30 292	**Ä. F. K. Lickl**	Serenata op. 58 für Englischhorn und Klavier, herausgegeben von Ch. Schneider
UE 17 528	**F. Martin**	Sonata da chiesa für Oboe d'amore und Orgel, herausgegeben von G. Joppig
UE 17 521	**W. A. Mozart**	Sonate F-Dur KV 374d (376), bearbeitet von Friedrich Thurner
UE 17 523	–	Die schönsten Stücke aus „Entführung", „Figaro", „Zauberflöte", „Don Giovanni" für 2 Oboen, ausgewählt und eingerichtet von G. Joppig
UE 17 530	–	Grand Duo nach einer anonymen Flötenbearbeitung, für 2 Oboen gesetzt von G. Joppig
UE 30 129	**J. Pez**	Sonate g-Moll
UE 17 537	**M. Plà**	Sonate c-Moll für Oboe und Basso continuo, herausgegeben von Ch. Schneider
UE 17 516	**J. J. Quantz**	Sonate Nr. 2 für Oboe (Flöte) und Basso continuo, herausgegeben von Han de Vries
UE 30 378	**W. Rihm**	Musik für Oboe und Orchester, Ausgabe für Oboe und Klavier
UE 17 527	**N. Rimski-Korsakow**	Variationen über ein Thema von Glinka, Ausgabe für Oboe und Klavier von T. Sulyok
UE 17 517	**J. Röntgen**	Sonate für Oboe und Klavier, herausgegeben von Han de Vries
UE 17 522	**F. A. Rosetti**	Concerto in F, Ausgabe für Oboe und Klavier von A. Nagele
UE 17 512	**A. Salieri**	3 Trios für 2 Oboen und Fagott, herausgegeben von G. Joppig
UE 17 524		Spielbuch für Oboe (Oboe d'amore, Englischhorn, Baritonoboe oder Heckelphon) und Klavier, herausgegeben von G. Joppig
UE 17 531	**G. Triebensee**	24 Übungen über „Oh, du lieber Augustin", für Oboe und Englischhorn oder Violine, herausgegeben von G. Joppig
UE 17 506	**C. Yvon**	2 Duette für 2 Oboen, herausgegeben von Han de Vries
UE 17 509		Das Standardrepertoire für Oboe (und Klavier), herausgegeben von Han de Vries und Alan Boustead
UE 17 507		100 leichte klassische Studien für Oboe, herausgegeben von G. Joppig in Zusammenarbeit mit A. McColl
UE 17 508		50 klassische Studien für Oboe, herausgegeben von G. Joppig in Zusammenarbeit mit A. McColl
UE 17 525		33 konzertante Studien herausgegeben von G. Joppig
UE 19 817		Universal Oboen Album herausgegeben von P. Kolman

Die Reihe wird fortgesetzt / This series will be continued

UNIVERSAL EDITION WIEN